JN212753

バー ミー トー リョー

うえじょう晶

土曜美術社出版販売

詩集　バーミートーリョー＊目次

夢　まぼろしをみた

命　ばーみーとーりょー

戦　おののき　ふるえる

懐　のすたるじい

カバー装画／平岡昌也

詩集　バーミートーリョー

夢　まぼろしをみた

白日夢

壱

盲目の少年僧が象を従えて托鉢に回るビルマの路地裏
布施する人は見当たらず静寂の中、百年経っても少年
僧と象は彷徨い続けている。（Ashes & Snow）

弐

満州里にいる、一日中ただ座り続けているという象。
汚濁に満ちた世界を変えるため、その姿を見に行こう
とするが、叶わない。だが、問題はそこに行きつくこ

とではなく、行こうとする意志。

参

項フェチの男は、ろくろ首の細く撓う項が好きだ。その先に広大無辺の頭脳を支え、健気に重力に逆らっている姿がたまらんという。

四

もう我慢ならんと、周りの人間の口臭、体臭、髪の匂い、部屋の匂い、一切の臭いを消し去ったが臭いが止まない。実は自分の鼻腔に臭いは満ち溢れていた。

五

手の甲の血管が見る見る膨れ上がり人差し指の先から

溢れ出る血を女は愛おしそうに啜っている。

六

オッドアイの猫がいて、左の青い目は自分が右の眼と同じ緑の眼だと思っていて、右の緑の眼は左と同じ青い目だと信じている。

七

寝込みを襲われ、やみくもに手にした近くのハサミで胸を一突きした。汗ばんだ額に髪が張り付いて、夢から覚めると一匹のヤモリが血を流していた。

八

玄関には合わせ鏡が設置され、鏡の奥にまた鏡が延々と続いていて、時々人が消える。

九

ソーキを煮込みながらお玉で灰汁を掬い取っていたら極小の顔が浮かびあがり、無数の罪びとが手をかざして、釜茹でから逃れようとしている。

拾

天空に穴が開き、少しずつ少しずつ砂が落ちてきてある日、島がひとつできていた。

ドッペルゲンガー

いつの頃からか
夜な夜なベッドに入り込んでくる
しなやかな女がいる
安煙草とウイスキー
そして濃厚な甘みのカップケーキに
漂う香料
「でーじ、基地はいいさあ
見て、これとこれとこれ、たった十七ドル
あんたのも買ってくればよかったねえ」

ベッドの上に戦利品が並ぶ
女は一頻り笑い咳き込み欠伸をし
くるっと背中を見せ
涎を垂らして寝入ってしまった
部屋に充満する匂いに
圧倒され、朝まで
また不眠の時が流れる
『今日アンタハ、イクラデ売レタ』

次の夜には
ベッドに打ち上げられ
八月の魚が水しぶきを上げて喘いでいる
コバルトブルーのきらきらは
沈んで色褪せ、魚眼がぎょろりと

私を睨む
「餌を食いちぎって逃げたけど
岩に擦れて鱗が剝がれて痛い
安全な藻場は疾うに失くなってしまった」
ベッドの上は潮の香りと
背中までびしょ濡れにした
夥しい潮水で　私は
時々溺れそうになりながら
傷ついた魚を起こさないように
静かにタオルケットを掛けてやる
脇腹の痛みは朝まで続く
『汚染魚ハ、ダレモ食ベナイサ』

その次の夜

懐かしい薫りに
目を覚ますと
ベッドの枕元に
淡色のさがり花が
俯いている
「先ほど咲きました…　他人様の寝所に
　こんな夜分押し掛けるなんて
不調法だとお思いでしょう…　でも会いたくて」
そうだった　あの夜
さがり花を見に行くという約束
咽るくらいの薫りに包まれ
いつまでもいつまでも
来ない人を待っていたっけ
一夜限りの花だから

命がけで逢いに来たのね
『朝ニナッタラ、ソット埋メテアゲルネ』

昨夜は
誰も来なかった
久しぶりにわたしは私の中にいた
ただ
気配がある

誰にも会わず
百年も睡り続けたので
私のわたしは　いつか
抜け出して
もう帰って来れないところまで

漂って行きたがっている

オーシャンブルー

名に惹かれて買ってきた鉢植えの
野朝顔が　増えるは　増えるは
鉢を溢れ　蔓を伸ばし拡がり
テーブルいっぱいに増え続け
縦横無尽に　部屋を占領した

とうの昔に鉢は根詰まりを起こし
流しの口から　排水口から
溢れ出る葉　葉　葉

勝手に増殖し始めた葉は
水を流すたびに嬉しそうに揺れる

冷蔵庫の中も　炊飯器の中も
靴箱の中の愛用のパンプスにも
根付いてしまった
新聞受けから　かろうじて
今日のニュースを引っ張り出す
今日は欠勤の電話をしなくては…

とうとう私の体も根詰まりを起こし
手には葉脈があらわれ始めた
次の朝起きると　耳の穴から
小さな緑の葉が突き出ている

いつの日か地下に埋められ
土に還っていく自分を思う
オーシャンブルーの夢を見ながら

ドリーム・タイム

あらゆるものに精霊たちが宿り
天と地と人とが混沌としていた夢の時代

はるか昔の夢の時代に
一匹の大カエルが放浪の旅に出ました
故郷のマルーカを離れ
やがてチグーリ川の畔につきました
そこには　もうすでにイラーキのカエルがいました
二匹はいっしょにキャンプをすることになりました

マルーカの大カエルが言いました
「わしの国は大きい
　あんたがたの水を汲むのはあたりまえだ」
ところがイラーキのカエルは
「まっぴらごめん　お断りだね」とはねつけました

これがきっかけとなって
二匹のカエルの争いが始まりました
ついに
マルーカの大カエルはイラーキのカエルを殺し
故郷のマルーカへ戻っていきました　ところが
殺されたイラーキのカエルと同じ部族のカエルが
川の畔で死んだ仲間を見つけました
死体を連れ帰り、彼らは強そうな戦士を集め

戦闘部隊をつくりました　マルーカに攻め入って
あのカエルを倒さないと気が収まりません

一方マルーカの大カエルも　その話を聞きつけ
もっと強い軍隊を結成しました
やがて
両軍は川の見える平原で　一列に並び対峙しました
はるか彼方の平原から地を這うような
ディジェリドゥー*の音がかすかに響いてきました
大カエルの戦士たちは槍や棍棒や石斧で戦いました
戦いが長引くにつれ　平原にも川の畔にも
互いに殺し合った大カエルとイラーキのカエルの
あおむけの死体の山が累々と続きました
結局最後の一匹まで殺し合いを続け

カエルたちは一匹も残らず死んでしまいました

夢の時代に殺し合いをしたカエルたちの屍は
みな石になりました　これらの石は
いまでも川の畔の平原に残っています

そして　平原のはるか彼方から風に乗って
　ディジェリドゥーの音が低く重く
　もの悲しげに響いていました

（アボリジニの民話より）

＊　ディジェリドゥー　木の幹を刳り貫いて造った長い笛

閉じ込められた八月の魚は

波立つ緑のウージ畑を過ぎ
木の橋を渡った

鬱蒼とした木立の中に
記憶の中の小さな図書館はあって
ブラインドの隙間の淡い光の中
郷土史の棚はいつものように埃が舞っている
書架の間をゆらゆら海藻は揺れ
魚たちは斜めにつーっと過る

透明な海月はさりげなく
本を書架に戻していく
いつまでも　いつまでも
歴史の欠落部分は埋まらない

窓際で本を読んでいるのは身重の女
ページを繰る気怠い音
女はときおりブアッと泡を吐く
遠くで魚語の会話が聞こえる
「コウピイゥオしてはいｋません」
海月は血の色に脈打ちながら
きっぱりと言い渡した
フジツボは頑なにコピー機にしがみついて離れない

窓には水滴が流れ
八月の青空は濡れている
真昼の太陽はしだいに翳っていく
蟬の声もいつしか止み
女は産むべき時が近づいたのを知る
日没の残光の中
珊瑚の砂粒に嵐が巻き起こり
ついに無数の卵が生み落とされた
歌うように踊るように卵が舞い上がる
古代イソギンチャクから
いくつもの　いくつもの
針突《ハジチ》の手が現れ
降り注ぐ卵を慈しみ　慈しみ
大切そうに抱き留めた

物憂げに
女はいつも待っている
図書館の前庭にある
小さな誘蛾灯を目指して
遠くからウージ畑を
こちらに向かってくる何かを
女はいつまでも待ち続けている

八月の朝の薄明かりに
卵のような赤い月は消え
デジャビュの明日がまた始まる

命　ばーみーとーりょー

ヤンバルの朝

荷を下ろし　靴を脱ぎ
裸足を沢清水に浸し
耳を澄ませてみる
太陽が顔を出す前の
ホントウアカヒゲの澄んだ囀りは
慎ましくその在処を告げる
地球が奏でる音を
渡り来る優しい風に聞こう　そして
一個の生身の有機体として

自然と会話しよう

時を止め　目を閉じる
梢から漏れ来る柔らかな朝陽が
目蓋を流れる赤い血を温める
イタジイの樹肌にくっきりと
ヤンバルテナガコガネが影を作る前の
澄み切った清々しい光　やがて
目覚めて動き出す森の鼓動
この鮮やかな一瞬の変化

周りに立ちこめる栴檀の青い霧の中
あらゆる命たちが混沌の中から
淡く立ち上がる透明な緑の匂い

今生まれた新しい命　迸る命の息吹
ヤンバルの朝こそ幼い君への
極上の捧げものであれと願う

牛は生きる

汚染されたことも知らず
放牧牛たちは野の草を食む
繋がれた牛たちは餌ももらえず
人が去った畜舎に餓死していった
命のプログラムには
人の失敗など組み込まれてはいない
此処は危ないから近づいいちゃいけないよ
牛に言葉は通じない

人間が犯した過ちを
何度乗り越えなければいけないのか
殺処分牛は思う
死ぬ寸前まで私は
美しい体で命を誇り
食する者への
美しい糧でありたい

稲穂も　野菜たちも
牛たちも
努々思いも寄らぬこと
身内に毒を含んでいるなど
食し食される運命ならせめて
健やかな空気と水とで

豊かに命を全うしたい
捨てられた牛は呟く
最早食物ではなく
ホウシャセイハイキブツと
呼ばれるらしい

どこで間違ったの
どうして間違ったの
あの分岐点に戻りたい
雨に煙る春の野にも
雨に時雨れる渓流にも
病んでいる地球に
命はひたすら生まれ続ける

ネリの輪廻

あの日ネリは荒れ狂う風と
縁側の下にも吹き込む雨と
耳をつんざく雷が怖かった
我慢できなくなったネリは
玄関脇の植え込みの隙間から
いつものように表の道に飛び出した
向かいのモモの家へと道を横切ったとき
ヘッドライトに浮かび上がったネリは
眩しさで眼がくらみ　次の瞬間

右目　肩に激しい衝撃が来た
ネリは破壊されたのだと思う

家に帰らなきゃ
その一心でふらふらと道を戻り
玄関にたどり着いた
電線は疾風に悲鳴をあげている
道は濁流が流れ側溝と区別できなかった
溝にはまり込んでしまったネリは叫んでいた
「冷たい冷たい冷たい　みんな起きてよ　帰って来たよ」

次の日、高みから小鳥の囀りが聞こえる
柔らかい朝が来たのだ
玄関の鉄扉が開かれる音もする

散歩に行く時間だ　首輪を探さなきゃ
期待で体が震える

三日目、湿った土が鼻先に触れ目が覚めた
モモの微かな匂いがふっと鼻先をよぎる
ぶるるるんとヒゲを動かしてみた
懐かしくて泣きたくなった

四日目、口の中に血の味がする
空腹感はなかったが無性に
骨が食べたかった
奥歯で噛み砕く音が聞きたかった

五日目、艶々と黒光りしていた背中の毛は

かさかさに乾いてしまった
柔らかかった肉球も乾涸びていく
初めての颱風を認識するはずの
美しく健やかな体はもうない
未知の渇きだけが残る

六日目、もう眼は腐敗し溶けてしまった
闇しか見えなくなった
闇の中でいつか嚙み殺した雛の骨が銀色に光る
小さい嘴でネリを非難している
あれは本気じゃなかったんだ
ほんの気まぐれに甘嚙みしたつもりだったんだ

七日目、記憶の括りが解けていく

静かに降り注ぐ夜来の雨に
懐かしい思いが土に沁み込む
もはやしっぽは地球に絡め捕られてしまった

昨日も今日も
雲は空を渡っていき
今日も明日も
風は地球の風紋を描き変えていく

見慣れた風景が幾度も通り過ぎ
遠く光の先に薄桃色の脈打つ鼓動を聞いた
いまネリは羊水の中を泳いでいる

梅雨近し

夜明け前の暗い階段に
顔と言わず手と言わず
纏わりつくものがある
ここにまで蜘蛛の糸が
不法侵入してきたのか

最後の一段にはヤスデ
忌み嫌われて　踏むと
一匹でも異臭を放つ

越境は許されないぞ
山原に帰れヤンバル虫

昨夜の大雨で蟻巣から
溢れ出た蟻んこたちは
一階のフローリングを
右に左に行進中　はて
汝らは難民申請したか

ヤモリはケケケと鳴き
先住民の権利を主張し
いつにもまして好戦的
共喰いを逃れ生き残る
幸運を忘れ　糞を撒き

散らし　縄張り拡張中

いいさ　いいさ
この大雨の間だけでも
スプレーを撒いたり
掃き出したり
捻り潰したりしないで
ちょっとだけ匿ってあ
げよう

大海を彷徨《さまよ》う生きもの
漂うノアの方舟の上で
せめてひと時でも
其々の命を温め合おう

バーミートーリョー

鮮やかな赤に染まった布が
空に舞う　風に舞う

珊瑚に抱かれて西表の島人は
マングローブの木から
赤く滴る染料をもらう

「バーミートーリョー」
（私の分を取らせてください）

紅樹《ひるぎ》の命を頂く時は
慎ましやかに　常に唱える
敬虔な祈りを込めて

木を切る前に「少し木貰っていいか」と
狼森と笊森と盗森に尋ねたように*

「いいぞお。」潮風で育った紅樹も
自然は鷹揚に応えてくれるだろう

珊瑚に抱かれて西表の島人は
大自然の懐　いのちの端緒に
飄々と還っていく

＊　宮沢賢治「狼森と笊森、盗森」

戦

おののき

ふるえる

ことばを憶える

木漏れ日が踊る
縁側でうつぶせになり
たどたどしく「にんぎょひめ」を
読んでいた女の子は疑問符を持って
アイロンがけする母の背に問いかける
「ねえ、せっぷんってなーに」
母は少しはにかみ躊躇しつつも
幼子を膝に抱きしめて頬ずりをする
そしてほっぺに可愛くキスをして

「せっぷんよ」と答える
女の子は母以上に赤くなりながら思う
王子様と人魚姫の接吻はこれじゃない

いつか出会う王子様を夢見る前に
女の子は爆撃で死んだ

おぼろげな世界に輪郭を与え
秩序を与え
その中に意味を盛り込み
ひとは言葉を獲得していく
ヘレン・ケラーが water を獲得したように

戦火を逃げまどう

小さな命たち
あなたのことばが
憎しみ　恐怖　暴力　怒り
爆撃　虐殺　レイプ　拷問
という意味で満たされないように
あなたのことばが
たくさんのたくさんの
溢れるほどの
愛のことばで満たされますように

ロシアの民話より

だだっ広い土地を持つその国には
あるひとりの王がいました
民のために骨身を惜しまず働き
市場には穀物も野菜も溢れ
潤沢な資源で工業も栄え
国は豊かになりました
音楽や芸術や演劇も盛んで
街角には歌が流れ　笑いが満ち
民は集まっては誰からともなく

踊り始めるのでした

ふと王は考えました
隣の土地は我々の二倍の麦が穫《と》れる
あの土地を手に入れれば飢えることもない
もっともっと豊かになれる
海の向こうの島も手に入れよう
魚が取り放題だし港も造れる
略奪の限りを尽くし　富を独り占めし
広い敷地に立派な王宮を建てましたが
さらに広く豊かな土地が欲しくて堪りません
そうだ、こんな狭い地球などどうでもよい
月がある　火星がある　金星がある
地球征服を終えた王は

支配下の各地域から強制的に兵を集め
宇宙侵略最強部隊を組織しました

ところが、今までの殺戮や強奪
血も凍るような残虐な所業を見てきた国民は
今回ばかりは絶対に従うまいと思い
故里の野山　優しい家族を求めて
兵は散り散りに故郷に逃げ帰り
側近たちも我先に逃げ出しました

ひとり荒野にとり残された王は
看取られることもなく息絶えました
屍となった王が得た土地は
わずか一握りの土塊だけでありました

盲《めし》いる

眩しい光の環が目の前全てを覆い尽くす
目尻からは涙の様に液が溢れ出る
「もう少し頭を右に傾けて」「眼はまっすぐ」
医師の手は的確に患部に当てられている
ひんやりと触れるそれはメスなのか
近すぎて判別できない
頭が真っ白ではなく目の前が真っ白
変わり果てていく右目を心配して
左目が時折寄り添おうとする

いつも一緒に同じものを見つめ続けていたのに
右目はそれだけの意志を持ったかのように
指示に従わずに勝手に動き出そうとする

傷ついた古い水晶体が摘出され新しい眼をもらえる
ごりごりと掻きだされる感覚吸い取られる感覚
緊張してはいけない血圧をあげてはいけない
覆面の下　からからに乾いた口で
小さく呪文をとなえる A Whole New World
本当にそうなのか新しい世界が現れるのか
新しい眼を貰えたら全てをご破算にできるのか
この世で最も完璧に近い無垢の魂が
この世で最も愛らしい幼子の遺体が
道端に投げ捨てられている

どのような悪魔の所業だろうか
見たくないのに見てしまった現実のおぞましい光景
人類すべての眼を入れ替えても
目撃された映像は心の網膜に焼き付けられ
時を刻みながら受け渡されていく

口にするのもおぞましい罪を犯したオイディプス
この世の地獄を見てしまったオイディプス王は
知の象徴ともいうべき眼を自らの手で潰してしまう
毎日映像として流れるこの世の悲惨　不幸　残酷は
日に日にその度合いを塗り重ねていく
いったいどこまで人は残酷になれるのか
これ以上は見るに耐えない
人は己の眼を潰すしかないのか

荒寥とした原野を盲いたまま彷徨い続ける
オイディプスの前に
新しい世界の出現は未だ遥か遠く
風のみがひたすら吹きまくっている

寒緋桜

さくら　さくら　さくら咲く　桜咲く
色鮮やかな寒緋桜　原産地は台湾　台湾桜
さくら　さくら　さくら散る　桜散る　桜

遥か昔　日本軍は台湾に軍隊を差し向け
力ずくで圧政下に置いた　その理不尽に
霧社事件　小学校の運動会の襲撃は起きた
セデック・バレは虹の橋を渡る

桜　さくら　さくら　さくら　桜

女子供は足手まといになるのを怖れ集団自決
さくら　桜　桜　さくら　さくら
桜は武士道の象徴　命どぅ宝ではない
さくら　さくら　さくら　さくら　さくら
日本軍との戦い　台湾桜は濃赤色
さくら　さくら　さくら　雪に散った赤い桜
真の勇者は　一体誰？

小琉球　大琉球の時代
親の中国に化外の地として見捨てられ
今は支配統治されようとする台湾
日本本土に尻尾切りされ
今は基地を背負わされる沖縄
兄弟のように荷わされた

過酷な運命の類似を思う
さくら　さくら　血のように赤い寒緋桜
台湾有事ではなく　台湾人の安否を思う
兄弟だから　同じ人間だから

骨笛《コッテキ》

死んだ後に墓から延びる草が語り始める
無念の骨たちが鳴らすあの声が聞こえないか
深い怨みに満ちたあのもの悲しい声が
憂いが去り早く安寧の地に行けたなら
忘れ去ることができたならいかに楽であるか
だがその道を歩まない　否　歩めない
忘却が次の戦争の始まりになるから
三十三回忌の最後の法事を紅白饅頭で送る
ウワイジューコーもできず

昇天などできるはずもなく
夜な夜なコッテキを鳴らし続けている

摩文仁の土砂　骨を拾われることもなく
死してなお人権も尊厳もなく再び掘り起こされて
軍事基地の人柱になれという
南部の地に倒れ無念の内に白骨化し
七十九年を経て土色に馴染んでしまった遺骨
その遺骨を個の区別もなく土砂に混ぜ入れ
またもや戦争への人柱として
軍事基地の埋め立てに使うという
生きているものが不甲斐ないから
ゆっくり死ぬこともできない
子や孫は情けなくて唇を噛み締める

沖縄戦跡国定公園内　魂魄の塔近く
こどもの小さな歯も出てきたという
アメリカ兵の遺骨もあるだろうという
今こそ骨たちの鳴らす微かな声に耳傾ける時
今こそ骨たちの鳴らす悲しみの声に耳傾ける時

モア。優しい世界へ

七十九年前を糾弾する者が
七十九年後に今を糾弾される
お前はどう生きたのか
お前たちはどこに向かって行ったのか
私が私を糾弾する
我々は負債を負わなければならない
昨日今日判断したことが確定した歴史となって
七十九年後百年後に迫ってくる

生まれる六年前まで終戦間際の激戦地であった
人々が折り重なり死んでいった
その地の上に我々はある
人間が与えた悲劇は人間がしか救えない
手を下した者はすでに生涯救いのない罪の手を
持ってしまったから
それは自分を痛めつけることではなく
モア。それ以上の溢れるほどの愛を
降り注ぐことでしかとり戻せない
破壊は一瞬で、その再建は膨大な時がかかる
それは人の心の廃墟も同じ
それでも築き上げる方に寄り添いたい

優しかった世界が戻ってくる　きっと

風にそよぐ産毛
木漏れ日の温もり

懐　のすたるじい

五月の空に

言葉は探しあぐねた意味を得て
素粒子となって躍りながら
五月の空に還っていった

広がる　広がる　夏雲
人生を　自分を信じたくなる
五月は誕生の季節だから
世界のことなどすべて忘れて

初夏の風　さわさわと
記憶の頁を　めくり　吹き過ぎる風
遠くでアカショウビンが鳴いている

バルコニー近くの梢で
「今年生まれました」と報告に来る
アカショウビンの幼鳥　目が合っても
無垢な魂は逃げもせず見つめ返す

紅テントも　天井桟敷も　消えた
都会の広場に　五月の空に
青春の傷痕を残して
躍りながら素粒子となって

のすたるじい

焼肉屋だった角地に
今は淡雪栴檀草が繁茂し
賑わっていたスーパーには閉店の貼り紙
カートの車輪が嵌まって
ポテトを転がした駐車場の凹みは
最後までそのままで
今は水たまりになったくぼみに空を映し
白い雲が流れている

たまに吹く風にパタパタと
三月も前の大売り出しのチラシ
その前は本屋だった跡地は削られ
車線拡張の工事がはじまるらしい
太い動脈から延びる毛細血管のスージ*にも
人は　人々は生きている

町が壊れてゆく
破骨細胞が壊し　発芽細胞が造り出す
町が新陳代謝をする
颱風が通り過ぎた後の
あの懐かしい風

青空はずっとここに居たよ

季節はずっと回って来るよ

目を閉じれば
記憶はあの懐かしい風と共に
脳内を駆けめぐる

＊　スージ　路地

23時のプールにて

静かに漕ぎ出すストローク
繰り出す腕は船の櫂
しなやかで力強いキック
水面に蹴り上げるエンジン
スピードに乗りローリング
眉　眼　鼻　顔を流れる水滴
揺れる背泳の先は見えない
プールを照らす灯りの中
眼はひたすら宇宙空間を見上げる

いつしか
波間を泳ぐ指の間に水掻きが現れ
足先に触れる水の抵抗が心地よい
苦しかった息が楽になり
すでに体は流線形に変わり
鰓呼吸が始まり
微かに鱗のようなものが半身を包み
解き放たれていく自我
消失していく人族《ひとぞく》の特徴

水の惑星に漂う極小の漂流物
何処までも漂い続け
流れる時を遡り

恐竜たちの息遣い
マンモスの踏み鳴らす足音も
もう既にはるかかなた
もうすぐカンブリア紀を過ぎ
命の起源
コアセルベートに近づく
元始の海に戻っていく
泳ぐことの心地よさ
水と戯れる喜び

漆黒の空から降ってくる光の粒
夜光虫に照らし出された
人影のない23時のプールは
秘密の水路を通り

元始の海へと抜ける

うりずん南風《べー》の吹く頃

うりずん南風の吹く頃
風に乗って
あなたは現れた
優しげに木の葉を揺らせて

在ることの不思議に慄き
言葉を持たないものたちと会話し
孤独の中で言葉を育てることを
風に学んだ

早朝のフーチバーの新鮮な香りが
胸に広がる静寂《しじま》
不安げな鳥の囀り
遠くで始まる生活のリズム

昨夜を曳きずる野良猫たち
森に続く道の常夜灯に止まり
挑発して鳴くカラス
朝帰りの女がスマホを手に四阿《あずまや》の前を過ぎる

バナナ畑の一隅に植えられた
黒い粒粒種のドラゴンフルーツ
戻ってきたカラスは明らかに

異物としてのわたしに抗議している

カラスの黒い羽が風に溶け
小鳥のくちばしに届く
小鳥のさえずりは風に乗って
バナナの葉を揺らす

ポチポチとバナナの葉に当たる雨は
ドラゴンフルーツも潤し
女の欠伸はわたしにうつり
みんなは少しずつ少しずつリエゾンしていく

わたしは限りなく溶けていく
ミルクのように溶解し空気の中に流れ出し

うりずん南風に混じり渡ってゆく
カラスも女《ひと》も鳥も、バナナの木も
すべてはひとつ同じ命

調和と儚さを溶け込ませてうりずん南風は吹く
風に運ばれて此処にたどり着いた
この瞬間に在る　全《まった》きものたち
もう夜明けはすぐそこだ

風の渡るのが聞こえる
振り向くと　落葉が風に舞い
時を遡り風の中にふと死者の匂いを嗅ぐ
死者の魂が風に運ばれ
此の地に戦世《いくさゆ》のあったことを知らせる

うりずん南風は廻り　再び
失われた命が芽吹いてくる
大切なものを連れ去り
また運び来て、運び去るもの
風よ　不可視の力よ

「アリ」

イルミネーションも華やかな
夕暮れのシドニーの街角で
靴屋　バッグ屋　ＣＤショップと
時間つぶしに歩き回りくたびれて
白いベンチに座り込んでいた息子をめがけて
さっと近づく小さな影がある
「ハーイ」と言いながら嬉しそうに近づいてくる
浅黒い顔に度の強い眼鏡その奥の
黒く大きな瞳は一点の混じりもなく

息子の顔をひたすら見つめる

「アリ！」
母親らしきチャドルをまとった女性が
小さな影を呼び戻す
「違うの　お兄ちゃんじゃないでしょ」
それでも「アリ」は息子のベンチに
引き寄せられるように近づいてくる
差し出された小さな手
ぎこちない笑顔を浮かべて
「アリ」の頭を撫でる息子
お互いの触覚で認知し合う二匹の昆虫のようだ
二人の母親にもいつしか微笑が生まれた

関空　ケアンズ　ブリスベンと
乗り継ぎの度に空港で執拗に
ボディチェックを受ける息子の
彫の深いウチナーンチュ顔と生え始めた髭
赤いタオルを首に巻いた黒尽くめの姿
少し苛立たしさを感じ始めていたのに
頭に触れても咎めることもなく
何度も何度も手を振りながら
遠ざかっていく
「アリ」の後ろ姿に
柔らかく世界が解《ほど》けていった
気がつくと舗道を濡らし
霧雨が静かに降り始めている

あとがき

ヤンバルの森に

バーミートーリョーとは、私の分を取らせてください、という沖縄の言葉です。欲望のまま際限なく全てを手に入れようとするのではなく、自然に対する謙虚な姿勢や、ともに生きていく周りへの配慮を意味しています。

それは宮沢賢治のイーハトーブの世界にみられる自然への目線と重なります。賢治のイーハトーブでは心が解放され、何度も遊ばせて貰いました。このヤンバルの森にもイーハトーブの世界をつくれないか。ずっと心の中に育ててきた宇宙を少しでも表現できたらと思います。人間と自然が美しく共存していく豊かな世界。例えば、C・W・ニコルの「アファンの森」や、レイチェル・カーソンの「センス・オブ・ワンダー」のような世界。

ところが、現実では人間と自然どころか、人間同士の戦争が絶えません。科学技術の進歩で、その残虐さは増していくばかりです。憎しみの連鎖を断ち切るのは、これから生まれてくる新しい人たちの豊かな感性に托す以外に無いのでしょうか。

人生のゴールが見え隠れする今、何ができるのか自分に問いかけてみて、命煌めく自然を新しい人たちのために、守り残すことだと思いました。ヤンバルの自然を守るナショナル・トラスト的な活動にささやかながら参加しているところです。

最後になりましたが、「バーミートーリョー」出版への機会を与えて頂いた土曜美術社出版販売社主の高木祐子様に深く感謝申し上げます。また装画の平岡昌也様にはイメージぴったりの作品を提供して頂き、詩集作りの励みになりました。心よりお礼申し上げます。

二〇二四年十月

うえじょう晶

著者略歴

うえじょう晶（うえじょう・あきら）

1951年　沖縄県那覇生まれ

詩集　2001年『カモメの飛び交う町で』
　　　2004年『日常』
　　　2014年『わが青春のドン・キホーテ様』
　　　2021年『ハンタ（崖）』（壺井繁治賞）

所属「詩人会議」「沖縄詩人会議」「いのちの籠」会員

現住所　〒903-0123　沖縄県中頭郡西原町津花波332-2

詩集　バーミートーリョー

発　行　二〇二四年十一月十五日

著　者　うえじょう晶
装　幀　平岡昌也
発行者　高木祐子
発行所　土曜美術社出版販売
〒162-0813　東京都新宿区東五軒町三―一〇
電　話　〇三―五二二九―〇七三〇
ＦＡＸ　〇三―五二二九―〇七三二
振　替　〇〇一六〇―九―七五六九〇九
ＤＴＰ　直井デザイン室
印刷・製本　モリモト印刷

ISBN978-4-8120-2867-4　C0092

© *Uejo Akira 2024, Printed in Japan*